파도치듯 흔들리는 인생길

파도치듯 흔들리는 인생길

전희애 시집

도화

독자들 가슴마다 향기로운 詩를 보내자

가끔씩 하늘을 보라
마음의 수행이다
푸르른 산록 속에 지저귀는 새들이
생명의 신비를 노래하는 계절입니다.

가는 세월 오는 세월
인생무상을 실감하게 하는 인생 가을 앞에서서
서투른 글 한 점 두 점 모았다.

버리고 찢어버리고 수십차례
맞지 않는 조율곡선에 음악이 나올까
감히 꿈이나 꾸었는지…

졸작의 시를 보내 놓고 기다리는 중
어느날 난생처음으로 나에게도
기쁜 당선이라는 낭보가 날아왔다.
『문학저널』 심사위원님들 뽑아주셔서 감사합니다.

사연사연 묻어둔 독자들 가슴마다
강물같은 詩를 올려 우표없는 無임으로
향기로운 詩를 보내려 합니다.

차례

1부
시

배 떠나 간다네

가도가도 끝없는 푸른바다
하늘을 지붕 삼고
행복을 그리는 마도로스
어둠이 내려깔린 바닷가

갈매기도 외로운지
삼삼오오 짝지어 먹이가
많은 곳으로 이동해가는구나

여름이 지난 해안가는
한적하다 못해 쓸쓸한 바람 불어오네
고독과 외로움인지
문학(問學)이던가

어쩌다 어쩌다 時人 되어
강물같은 時를 그려봅니다

바다 멀리 항해하는 뱃고동 기적소리는

그리운 만향가

나를 울게 하는고

봄 처녀

싸박싸박 임 오시는 소리
매화꽃 입에 물고
서리안개 너울 쓴
봄 처녀 오시네

짓궂은 높새바람
목덜미 잡아끄네
때아닌 폭군이 세월 아쉬워
서러워하네

소쩍새 잔가지에
걸린 울음 삼켜가며
실타래 추억 한 가닥
하늘을 풀어 하소연하네

골짜기마다
매화꽃 봄을 기다려

눈 사이 얼음 사이
봄은 흐르며

노신사 가지마오
봄 처녀 오신다오

부모 자식간에 내미는 손

부모는 자식이 내미는 손에
자신의 모든 것을 손에 쥐여준다

누에가 성충으로 크듯
번데기만 남은 곤충처럼 되어버렸다

그러면서도 부모는 자식의 손에
더 많은 것을 더 좋은 것을
주지 못해 안타까워한다

이제는 부모가 가진 게 없다
기운 없고 높아가는 약값
너무 늙어버린 것이다

몇 푼 용돈을 얻기 위해
자식에게 손을 내민다

그러나 자식은 부모 마음 같지가 않다
부모와 내미는 손이 짐과 부담이 되는 것 같다

자식의 내미는 손에 부모는 섬으로 주었건만
자식은 부모에게 홉으로 주는 것 마저
부담스럽게 느끼는 것이다

낙엽이 가는 길

이러지마
바람에 떠밀려 낙엽 되던 날
안녕이란 작별 없이 떠나는 신세

우물쭈물 거리다가
갈 곳도 모르면서 가는 거야

가을 내음 속
오솔오솔 떠가는 가랑잎 여정

서럽디 서러운 바람소리
빗물까지 흘리면서
떠나는 거라네

한많은 보따리 보따리
내려놓은 채

빈손으로 빈손으로

낙엽길을 가는 거라네

건널 수 없는 저 강

언제나 쉼 없이 흐르는 저 강
오늘도 말없이 흐르네

싸늘한 강물 위를
새들만이 평화롭게 오고가는데

한발이면 건널 수 있는 저 강을
그 무엇이 가로막았는지

한 많은 이 세월 강물 속에 묻고
건너지 못하는 저 강을
안타깝게 바라보며 한숨만 짓네

흐느끼다 흐느끼다
지쳐 잠이 들었나
생시에 건너지 못하는
저 강을 꿈에서라도 건너가려고

기억도 가물가물
사라진 얼굴들이
새삼스럽게 생각나는 이유는

그리움 묻어오는
황혼길 길목에서

인생길

세상의 바람속에
붉게 물든 낙엽길을 걷습니다

칼바람 속에 하늘같은 욕심이
눈물이 되어 들려온 소리는
낙엽의 신음소리였나

세월이 밟고 온 흔적 속에
세상살이 고달파
허덕이는 삶의 조각
꿰일 수 없는 고뇌들

저마다 알 수 없는 그리움은
인생이 피워내는
들리지 않는 꽃의 웃음소리이고
보이지 않는 꽃의 눈물자국이었네

한송이 인생 꽃을 피우며

한알의 씨앗을 맺게 한

인생 예술이었네

해안선

육지와 바다가 만나는 해안은
그리움의 향기가 있네

수평선 살며시 미소 짓는 햇살은
갈매기 먹이 찾게 하며

세찬 성난 파도는
까욱새 눈물나게 하네

짙은 구름 속 햇살은 갈 길을 잃고
태풍이 파도를 밀고 올 때면

한 식구의 의식주 창고
칠팔남매 교육이었던 은행창구
갈 길을 잃어버리네

쉼 없는 파도소리

그때 그 시절 멀고 먼 망망대해
어느 곳으로 가고 있나

선장 되어 선원 되어 해안선 갯나루
만선을 꿈꾸던 아이들은

다 어디 갔는냐고
아우성 치며 묻고 있네

봄날의 그리움

화사한 봄바람에 보슬비 내려
고향바다 갈매기 기지개 켜려나
황포돛대 해무는 들녘을 달려와

파릿파릿 보리향
기러기 높이 날으네

이산 저산 초록이 꽃을 불러와
곳곳마다 벌나비 숨바꼭질하네

산마루 감도는 흰구름
모였다 흩어졌다
눈물 흘리네

사방에서 들려오는 노랫소리는
농민들이 모여서 풍년을 부르네

꽃보다 파란 잎새가

꽃잎은 바람으로 흩어져 날린다
오고가는 세월 앞에 서성거리며
서로서로 손을 잡고
발을 맞추네

아침이면 지나가는 산책로
배실배실 웃고 있는
노란 민들레

바람이 건드리고 간 산마루마다
활활 불타는 금수강산
바람이 스쳐간 화려한 '외출'

봉우리 향기 뽐내지 않았어도
새벽안개 펼쳐 오른 첫사랑 노래

녹색 천연 상수리나무

눈여겨 봐주는 친구 없어도

너를 새로이 사모하리

남해 보리암 전설

금산자락 보리암
기도소리 낭랑한데
큰스님 염불소리
이도랑에 그윽하네

억겁의 번뇌업장
눈물로 빌고 빌어
중생의 이 한몸
일심참회 하옵니다

백팔번뇌 보리암에
죽비소리 쟁쟁한데
법문시간 야단법석
이도랑에 아득하네

중생의 지은 복덕
복장 터져 소멸되어

한많은 이 한몸
향불되어 사라지네

동기 법사님

고요 속 들어가 보면

청춘은 꿈처럼 흘러가며
백발은 때 없이 찾아오더라
창밖에 지저귀는 저 새야
어느 산에서 자고 왔느냐

산속 일을 응당은
너는 알 것이라
진달래가 피었는지
아니 피었는지

돌 위에 풀이 나기 어렵고
방 안에는 구름이 일기 어렵네
너는 어느 산에 새이기에
봉황이 노는데 왔느냐

나는 본디 청산에 학이어서
항상 오색구름 위에 놀았는데

부모 자식만

자식에게 황금을 상자에 가득 물려주는 것이
한 경서를 가르쳐 주는 것 보다 못하다
이 말이 비록 싱거운 것 같으나
너희들을 위해 정녕히 말해준다

부모를 섬김에 효로서 다하고
자손을 가르치되 예로서 다하라
부부는 화하면서도 공경하고
형제는 깊은 즐거움이 있어야 한다

책에는 천고의 마음이 들어있어
읽어도 알기가 쉽지 않다
책 속에서 성현을 대할 수 있으니
말할 것은 모두 나의 사표로 삼아야
하는 것이다.

대한민국

누가 뭐래도 좋은나라
보릿고개 힘든 세월은
지금은 잡곡밥 웰빙시대
생각하면 괜스레 눈물이 나네

날로 변하는 놀라운 세상
버스는 환승환승
전동차 땅속을 넘나들면

4대강 푸른하늘
백로가 찾아와 놀다가 간다네

경로우대 100%
전세대출 100%
신용대출 100%
담보대출 100%
사업대출 100%

인생은 자기의 역할이
있어야 하는 것을
일을 해야 살 수 있다

거여 2동 서예실

조선의 얼을 만나다
서예란 마음수행이라
자신의 도를 이루려고

一일자 높이 올려
氵수변 점찍기에
그네를 타곤하네

서예란 오체가 있다
예서 전서 회서 초서 행서
세상에 쉬운 일 있으련만

詩도 어렵고
서예도 어렵네

2010년 11월 10일
송파문화원 실내에서

여여한 마음으로

지필묵 옆에 두며

숨을 죽였다 크게 살린다

월출산(등단시)

마음이 머무는 곳
높은 정각 기왓장은
세월의 무게를 못 이겨
갈라진 지붕 위 꽃밭을 가꾸네

보름달이 놀다간 그날
야생화 꽃씨는
먼 야산 훨훨 날아 이사를 했나봐

수승한 보리심은
위에서 아래서도 꽃잎을 날리네
인적 드문 사찰은 나이가 들어

흉가 같은 허술한 사찰이라
삼매경 두 그림자
행자 스님 하루를 보내나 봅니다.

매화 꽃 시드는데

다짐 두고 가신 님
어찌 늦으시나

뜨락에 매화 꽃도 시드는데
나무 위에 까치 소리 들리기만 해도
부질없이 거울 보며 눈썹 그려요

삼월이라 동녘 바람이 불어올 때
곳곳마다 꽃이 져 흩날리네

거문고 뜯으며 임 그리워 노래해도
강남으로 가신 님은 돌아오지 않네

소나무처럼 늘 푸르자 맹세했던 날
우리의 사랑은 바닷속처럼 깊어만 가네

강 건너 파랑새 소식도 끊어졌으니
밤마다 아픈 마음은 나홀로 어이할꼬

그리운 님이시여

나는 임을 만나 행복이라네
아침 햇살 문을 두드리며
바람은 문을 열며
38경 불성이 굽이굽이 살아서 숨쉬는 곳

3대 관음 성지 남해 보리암
꼬부라진 산길에 허리 굽은
노보살 보소
이는 빠져 턱은 귀에 가 걸려

억겁된 업장은 등에다 지고
자손만대 소원성취 빌어주는
노보살 보소
극락왕생 길이길이 닦아지이다

부처님 이제는 힘든 가부좌상 내리어
금조새 날개 위 법향을 싣고

서방 정토 남쪽

남해 보리암으로

보리암으로

방랑 기행

보게나
빈잔에 술을 채워라
하루천 버들을 벗삼아

세월 낚는 백수건달
나그네 흘린 눈물
대동강 물 술이 되어
잔 위 뜬달은 술술 잘 넘어 갑네

밀밭에 가노라니
밀술로 취하며
보리밭 나들이
보리술에 취하네

옛사랑 그림자 휘영청 그리워
사나이 원대한 꿈
축배잔으로 날려보렵니다

인생 고애

먼 산 돌팔매로

짝사랑

천마산 고개서 참새골 가는 길
햇살이 쏟아지는 능선 자락
한뜰의 찔레꽃 하이얗게 피어
흰구름 노닐다 가는 듯 싶네

찔레꽃 향기 퍼지는 산자락
민들레 노란꽃님 배실배실
웃고 있으련만

가는 임 오는 임 상관하지 않네
흔들리는 바람에 찔레꽃 떨어지며
종달이 바람 타며 하늘 높이
날아가네

사랑하지 말아다오
마음 주지 말아다오
이 세상 어떤 사랑도
짝사랑 아닌 것 있으리오

사공

적막이 흐르는 밤바다
바다도 잠이 들었나요
멀리서 깜박이는 말없는 등대

불빛으로 날아드는
괭이갈매기 하루를 보내네
하늘을 지붕 삼고
수평선 항해하는 사공

항구마다 그리움 뱃길 위 싣고
천년만년 향한 꿈 가슴으로 묻고요

가족이 기다리는 어느 항구로
날이 저물기 전 만선이 꿈으로

아침이 밝아와요
사공의 노래

비의 연가

바람이 불어오시네
어느 구름에 비가 실려있는지
추녀 끝에 내리는 빗소리는
깊은 철학을 말하네

감로의 성취비
소곤소곤 통신비
축축이 내리는 봄비
태풍을 몰고 오는 벼락비

똑똑 떨어지는 낙수 물소리는
하늘과 땅의 기운을 화합하는
비가 내리네

소곤소곤 통신비
언제나 내 가슴으로 항상
비가 내리며 살고 있다

푸른 저 바다

먼동이 트는 이른 아침
바닷가를 나가보았네
살펴이 부서지는 실파도를 밟으며
지난날을 회상해 보네
후회 없는 삶이 어디 있을는지

바다 끝자락 크나큰 유조선이 떠있네
우리나라에는 기름이 생산되지 못하여
멀고 먼 아랍 나라에서
생산되는 기름 원료를
대한민국은 사 와서 여수항으로 찾아가
기름을 만든다 하십니다.

지평선 푸른 바다 위에는
학교만한 큰 배가 떠있구나
선원들은 밤이 오면
조타실에 몸을 맡기며
쉬었다 쉬었다 가십니다

항구의 이별

굵은 비 내리는 이름 모를 항구
갯바람 빗물되어 일렁이네

이별 많은 마도로스
도돔바 1번지
잘 가오 잘 있어요
출항의 뱃머리 갈매기도
서러워 목놓아 노래하네

나그네 흘린 눈물 바다가 되었나
뱃고동 서리서리 기적을 남기며

밀려갔다 밀려오는
끝없는 항해

철썩철썩 파도소리 자장가 삼아
만선의 부푼 꿈 가슴으로 채우면서
갈매기 높이높이 날아가네

진심 한 마음

천지는 있는 그대로
해와 달은 바뀌어도
내 가슴은
오직 내 자식 아들 딸이었네
참으로 어느 곳에서 왔는고

싱그러운 잎새마다
쏟아지는 햇살은
자식들 고운 순결이었네

바람불고 비 내리는 서러움 속에
끝없는 변화로 일깨워 주시는
님들이시여

외로운 구름이 머무는 곳은
바람이 일며
즐거운 구름이 흘러가며

비가 내리네

고통은 인생 지름길
순풍에 돛단배
끝없는 바다도
헤쳐 나가기를 빌면서

산머루 익어갈 때는

초생반달이 놀다간 산머루
산머루 알알이 익어갈 때는
초목은 고요히 낮잠을 청하네

호우가 휩쓴 깊은 계곡
병정같은 억새
초계비행 이륙작전
우두커니 서있네

일렁이는 들녘
파릿파릿 나락은
덥게덥게 씨뿌려

신접살림 철들면 고개 숙이네
여름이 가을 벗 삼아
두뺨 부벼대며

입맞춤 소리는 어떤 이정표였나

7월 끝자락

산머루 익어가는 자락마다

세월을 묻어둔다

잊혀져 가는 세월

본심은 고요한 물결이라 하십니다
흐르는 세월 앞에서 자신을 낮추며 살아간다

인생 가을 먼산에서
불어오는 솔바람으로
이리저리 뒤척이는 밤

풀지 못한 인생 수수께끼
답은 깊어 오네

남의 집 등잔 불빛이 부러워
보리밭 호미질 세월만 보낸다

풍랑이 사나운 바다
애잔히 울고 있는 괭이갈매기
물때를 기다리는 어민들 심사에는
갈매기 노래소리 친구가 되네

갯풍맞은 다랭이 논 벼씨나락
대접받기 어려웠던 시절

한려수도 자리한 남쪽 사람마다
짭짤한 구리 빛 왕소금 이어서
모여든 자리마다 빙고 빙고
소문이 높네

세월은 아름다워라

살아온 세월이 아름다웠다고 비로소 고개를 끄덕이고
싶습니다.
청기와 1급 자택에서 명예의 꽃다발로 둘러싸여야
아름다운 삶이 되는 것일까요?
길지도 짧지도 않았으나
걸어온 길에서 그림에 찍혀진 발자국들이
소중하고 영영한 느낌표가 되어준
사람과 얘깃거리도 있었노라고 말입니다.
별것 아닌 사건들도 이제는 돌아보니
영영 느낌표가 되어있는 것을
그래서 우리가 지나온 세월은 아름다웠느니
앞으로도 절대로 초조하지 말며
순리대로 성실히 성실히 적어도 알차게 예쁘게 살면서
이 작은 가슴 가득 가득히 영영한 느낌표로 채워가자며
일등은 못해도 출세하지 못했어도
유정과 사랑은 내 것이 있듯이
앞으로 그렇게 살 것이다.

생활 속 일기장

물이 많으면 月이 와서 쉬어가고
나무를 심으면 새가 날아들어 둥지를 만든다.
사람이 산다는 것은 잘 먹고 잘 입는데 있는 것은 아니다.
참된 도리를 깨달아 사람답게 살아야 하는 것이다.

설사 백년을 산다 할지라도
사람의 참된 도리를 모르고 산다면
그 사람은 인생을 헛되게 사는 것이다.

'윗'사람이 선하면 '아랫사람'은 따라서 선해지고
'윗'사람이 정의를 존중하면
'아랫사람'은 자연히 부정과 불의를 저지르지 않게 마련이다.
그것은 마치 '윗'사람이 선의 씨앗을
'아랫사람'에게 뿌림과 같은 것이다.
참된 지식은 단순한 경전을 읽기만 해서 얻어질 수 없다.

진정 덕의 신현 없이 연기란 불가능하다.

마음은 언제나 비워두지 않으면 안된다.

마음이 비어있어야 정의, 진리가 깃들기 때문이다.

마음이 꽉 차 있으면 욕심이 된다.

두만강 노래

칠월은 녹음방초하며 푸르른 신록 속에

지저귀는 생명의 신비를 노래하는 계절입니다.

세월의 한강물 써도 써도 없어지지 않네요.

높은 산과 흐르는 물줄기 다투듯 정을 주는 것 같구나.

일렁이는 푸른 물 위 유람선 오고가면

지상만물 이리저리 고개를 넘어갔다 넘어왔다.

노을 진 하늘 코발트 한 새털구름 사이로

놀러 나온 낮달은 서방정토 서쪽나라 노를 저어 갑니다.

어우러진 자연은 명산의 탄식이요 또한 문장이라.

잔잔한 저 강물 속은 알 수 없는 미생물의 세계

수십 년 폐수 오염에 병들어 있다며 밤마다 개구리 울

었던 걸까요.

우리는 관계 속에서 살고 있지요

멀리멀리 가는 듯
가까이 오는 듯 잡을 수 없는 세월
우리들의 삶은 만남 속에서 이루어집니다.

세상에 태어나면서 부모를 만나고
자라면서 친구를 만나고
성숙해지면서 사랑하는 사람을 만납니다.

누구를 만나느냐에 따라
삶의 모습도 달라지고
행복할 수도 불행할 수도 있습니다.
그러면서 우리 인생길은 모두 다 만남 속에서 이루어
집니다.

우리의 삶도
누구를 만나느냐에 따라 향기를 풍길 수도
썩은 냄새를 풍길 수도 있습니다.

먼 날 먼 훗날 누군가

당신이 풍기는 향에 대해서 물을 때

당신은 자신 있게 말할 수 있을까요?

당신의 향기로움에 대해서요.

머리카락으로 이마를 가리지 마라

잠깐 알고 넘어갑시다.

코는 자기를 상징한다.

인중은 돈으로 본다.

인중이 발달하면 돈을 잘 번다.

눈썹이 구부러지면 형제간에 덕이 없다.

미간이 넓으면 용서할 수 없다.

이마를 머리카락으로 가리지 마라

자신감이 없다는 표현이며

오는 복을 스스로 내쫓는 것이다.

남자의 보조개는 거만의 상징이다.

여자의 보조개는 애교의 상징이다.

세상은 기운과 힘이 있다.

사랑과 정

사랑 때문에 서로 미워할 수도 있지만
'정' 때문에 미웠던 마음도 되돌릴 수 있습니다.
사랑은 가슴에 꽂히면 뚫고 지나간 상처 곧 아물지만
'정'이 꽂히면 뺄 수도 없이 계속 아픕니다.
사랑에는 유통기한이 있지만
'정'은 구수하고 은은합니다.
사랑은 시큼하고 알콤하지만, 사랑은 돌아서면 남이지만
'정'은 돌아서면 남일지라도 서로 우의가 갑니다.
사랑은 깊어지면 언제 끝이 보일지 몰라 불안합니다.
'정'은 깊어지면 마음대로 뗄 수 없어 더 무섭습니다.

정다운 사람들과 아름다운 사람들과
정을 나누고 고운 추억 나누는
행복한 시간 보내세요.

큰 나무

사랑은 정직한 농사
춘삼월 보리 농원 문전 옥답 門首
좋은 씨 심어 싹트면 새 잎 자라
남다른 뒷모습 쌓아 올린
꿈나무

바람불면 바람 따라 훨훨 올라
비 내리면 온몸으로 목욕재계 휴식하며
가지가지 행복이랑 사랑이랑
10년 농사 두 배 늘어
금동이랑 옥동이랑
모두 모두 너의 작품이어라

말없이 투쟁 않고 세상을 걸어 갈
큰 나무 만경창파 뱃노래
너 인생 난의포식 장땡이로세

아들 정산 靖山

12월 나그네

서편 황학루를 떠나간 님
지금은 어떻게 살고 있나요

초목은 깊은 단잠 숨을 고르며
중천에 해 떨어져 날은 저물어

휘청거리는 인생길
굽이치는 물결 따라 세월만 가네

한잔 술에 쌓인 정
태산이 되었나

이 한밤도 그 세월
삼삼하구나

엄동설한 달빛만
멍든 가슴 쓸어안고

외로운 달빛만
남으로 남으로 흘러서 가는구나

가을추수 들녘길 잃은
메뚜기 같은 인생살이

아… 덧없는 인생길
너털웃음 웃는구나
12월 나그네

감나무

나무 위 홍시가 걸렸네
과일을 꿈꾸는
동네 꼬마들

그 시절 과일의 꿈은
동네 감나무 몇 그루

장대를 올려 메고
감나무 밑으로 달려가네

감나무 집 친구는
참 부러운 대상이었네

바람에 떨어지는 감꽃도 먹고
바람에 떨어지는 땡감도 먹고

씽씽 부는 바람으로

뚝뚝 떨어지는
땡감을 서로 줍기에

날쌔게 날쌔게 뛰었던
그 시절 꼬마들

그 세월

나 또한 언젠가 낙엽이어라
낙엽지고 겨울이 찾아 온
인생 노년 황혼의 나그네 길

바람 앞에 등불처럼
우리 인생 편할 리 있으리요

마디마디 아픔도
자식들 알세라
감추며 살아가는
노년의 신세

하늘같은 친구
땅 같은 친구
잡초 같은 친구

살죽살죽 늙어가는

친구를 보며
바로 내 모습 보듯
서글퍼지네

그 세월 무심하네
발 뿌리에 걸어 채이던
크고 작은 사랑은
흘러갔네

때 없이 찾아온 백발

멀리서 찾아온 〈경자〉년
계절이 교차하는 1월
고향이 그립구나

밀고 당겨 봄을 재촉하는 넙새바람
까치발한 상수리 나뭇가지마다
팔랑팔랑 눈이 쌓이네

동네 공원 벤치에는
노신사 한 분
검정우산 검정모자 검정코트 차림으로

하이얀 담배연기 내어 품어지면
벤치에 걸터앉아
회색빛 북망산천 헤아리나 봅니다

이슬로 사라질 그리움만 남긴
여정…

향수

여름 날 하얀 박꽃
초가집 지붕 위
수줍게 모여 앉아
도란도란 속삭이네

지금쯤 고향마을엔
박꽃이 하이얗게 피어

동걸동걸 박 타는 소리소리
풍성한 가을 하늘
풍년가 들려오고

메아리 환청소리
맴돌다 사라지면

하이얀 박들이 지붕 위
주렁주렁 달려 오손도손
가을이 익어간다네

오! 인더스 강이여

당신이 흘러갈 때
저 머나먼
저 세상의 바다로 흘러갈 때
우리는 불을 피워 당신을 전송하노니

오! 인더스 강이여
인더스 강 위에 강기슭에
생명을 낳고 생명을 기르는 강이여

우리는 한밤 중 불을 피워
당신을 전송하나니

한사람 춤으로
여러 사람 노래로
많은 사람 기쁨으로
어둠 속에서 떨리는 그 노래

머물 곳 없는 인생사

먼 창공으로 날려 보내리

고향 설

말없이 폭설이
옛 친구 같은 하이얀 눈
소식 없이 밤사이
백설이 피었네

솔바람 산울림 사이
서리안개 너울 쓰고
동장군 찾아오셨네

싸박싸박 눈송이 날리며
목화같은 포근한 느낌

하늘이 보내 준
선물이 되어주며
인류의 기도로 바친다

고요히 은빛 세상으로
천사들은 하늘을 달리시네

목련꽃

가슴 파고 드는 꽃바람
맑게 들리는 솔바람 따라

서둘러 피어난 너는
지나는 과객 발길 멈추네

자연 속 경이로움
바람을 따라
그냥 바라보기
송구스럽구나

흰자락 때 묻을까
애잔한 모습
만고의 푸른자락
목련의 연정

낙화된 꽃잎을

서러워 말아요

다시다시 피어날

푸른 잎새들

봄 처녀

싸박싸박 눈꽃 날리면
매화 꽃 입에 물고
임이 오시는 소리

함초롬한 몸매
구름안개 너울 쓴
곱고 고운 임

높새바람 갈바람
열두폭 치맛자락
둥근 춤 사위

콧노래 흥얼흥얼
구슬픈 이 한밤
가는 세월 서러워
흐느끼는 노신사

겹겹한 골골마다
봄내음 흐르는데
그대 그냥 가지마오
봄처녀 오신답니더

가을 이야기

건들거리는 가을을 등에 업고
옛이야기 훈훈히 나눌
친구는 어디에

사랑을 기다리는 친구들아
갈대밭 익어가는 황금들녘

싸르르 휘이- 휘파람 노랫소리는
나를 오라 손짓하네

물안개 은빛으로 물소리 돌고 돌아
섬진강 하류 물새가 노래하네

친구들아
저 높은 하늘을 바라보렴

가을 하늘에서만 볼 수 있는

새털구름 뭉개구름

바람으로 두둥실 날아가네

고요 속으로

청춘은 꿈처럼 흘러가고
백발은 때없이 찾아오더라
창밖에 지저귀는 저 새야
어느 산에서 자고 왔느냐

산속의 일을
응당 너는 알 것이다
진달래가 피었는가
아니 피었는가

돌 위에는 풀이 나기 어렵고
방 안에는 구름이 일기 어렵다

너는 어느 산에 새이기에
봉황이 노는데 왔느냐
나는 본디 청산의 학이어서
항상 오색 구름 위에서 놀았는데

송파 성내천

남한산 정기를 이어받은
송파 성내천
밤이면 흐르는 물 위에
별님 달님 놀다가 간다네

반짝이는 별빛 사이로
뭉게구름 목화구름 바람으로 떠가네

성내천 흐르는 물소리 따라
억새밭 갈대밭 사이로
머물 곳 없는 인생을 날리고
세월도 날리네

구절초 연분홍 꽃향기
비비추 연보라 꽃향기
진달래 쑥부쟁이

들국화 하늘거리는 마을
백일홍 벚꽃향기
하늘거리는 마을

낭만이 살아 숨 쉬는 성내천으로
그대들이여 놀다 가게나

성내천

들국화 아련한 향기
흩어지는 가을
흐르는 물소리
고향이 묻어나는 들꽃

초록 공기 마시며
즐비한 사람들 휘파람 연주
꽃잎 한잎 두잎
7월의 탱고 스탭을 밟는구나

억새 풀 사이 머물 곳 없는 인생사
세월을 날리며 추억을 마시네

밤 되면 눈썹 같은 초생달
개천 하류 사뿐사뿐 찾아와
사근사근 밤참을 청하시나봐

우거진 숲동네 귀뚤귀뚤 끼르르

풀벌레 노랫소리는

못 이룬 첫사랑

그리움 노래이어라

明堂도 사람 따라 다르다

유택을 쓰려면 최하 200년을 봐라
화장할 때는 집 앞에 묻혀도 된다

허리 3자 반을 파야 혈이 나온다
풍수에서 땅을 팔 때 보통 2자 반을 판다
3자 반 파는 사람은 풍수에 자신이 있는 사람이다

보통은 물 나오는 것을 겁내 깊이 파지 않으려 한다
원래 혈 자리는 안개가 끼어있고 이슬이 맺혀있다
자손 흥망성쇠는 앞에서 결정한다
비문은 집안의 정서와 맞아야 한다

뒤가 허하면 뽕나무를 심는다
잎이 큰 것은 현실적인 의미이다

아무리 明堂이라 해도 사용하는 사람에 따라 다르다
형제들 중 가장 화합할 사람이 향을 쓴다

앞 뒤에 길이 나면 효립이 감한다
유택은 첫째 편안해야 한다

사용하는 사람이 누구냐
형제 중 가장 화합할 사람

인생 항로

산 자락마다
멋지게 익어가는 가을 산
바람으로 떨어지는 낙엽을 밟으며
텅빈 가슴을 채워보려고
오늘도 남한산 올라가 보았네

일렁이는 가을바람
덜커덕거리는 들창문을 열면서
나만의 욕심으로 울어 보기도
한세월 잊었네

준비된 사람 없고
인생은 사건의 연속이어라

저마다 알 수 없는 사연을 간직하며
변화의 연속으로 살고 있네

내 인생 허덕이며 살아봤지만
산다는 것 현실도 꿈도 아니어라

어디에서나 누구에나 상관없이 피고지는 꽃
수없는 꽃들은 어떻게 피고 지며 살고있는가

인생애환

저 꽃은 얼마나 울다가 갔을는지
저 꽃은 얼마나 웃다가 갔는지
꽃은 웃어도 소리가 들리지 않네요
새는 울어도 눈물이 보이지 않네요

강물

무작정 앞만 보고 가지마라
절벽에 막힌 강물은 뒤돌아 정진한다

조급히 서두르지 마라
폭우 속의 격류도 적은 격류서 쉴 줄 안다
무심한 강물은 영원에 미룬다

내를 건너서 숲으로
고개를 넘어서 마을로
어제도 가고 오늘도 갈
새로운 길 나의 길

민들레가 피고 까치가 날며
아가씨가 지나가고 바람이 일고

나의 길은 언제나 새로운 길
오늘도 내일도 내를 건너
숲으로 고개 넘어 간다

고향 풍경

먼동이 트는 아침
부서지는 파도소리
고향을 그리네

고향 앞바다
큰 소나무 섬은 동네마을
온갖 병고 액난 막아주는
수호신이라 받들며 살아왔네

어느 날은 바닷바람에
푸른 잎을 날리고
어느 때는 해무에
잠을 자는 모습으로

나를 꿈꾸게 하며
나와 함께 속 시원히 울었던 나무

오늘도 고향바다는

가슴 조이던 그리움 녹여 내리고

푸른 소나무는 고달픈 삶 잊고

새 희망 노래하라 하네

소나무

말 없이 선禪에 잠긴 깊은 겨울산
우람하게 자리한 적소나무

때로는 외로워 보일 때도
때로는 고고해 보일 때도
차디찬 바람만 불어오는 고

반겨줄 님도 없이
찾아드는 님은 소식도 없는 고

봄이 되면 송홧가루
강산으로 뿌려주며
그윽한 솔향기에 취하게 하네

눈이 내리면 이불 삼고
비가 내리면 목욕하고
바람부는 날에 운동하고

오고 가는 나그네 길손이 되네

소나무는 말하네
늘 시들지 않는 푸른 삶을 살자네

그해 여름

한밤 그리고 또 한밤
헤아리며 가시는 나의 님은
어느 바람에 실어오려나

기약 없이 가버린 무심한 돛배는
새벽 이슬에 돌아오건만

무정한 바닷새야
사랑노래 부르나니
수평선 떠가는 저 배는
어느 님이 실려있는가

항구마다 뿌린 정 알고있나요
오늘도 내일도 기다리는
여인네 심사에는 굳은 비 내리네요

남녘에 내 님 소식이나
입에 물어다 주렴

마음 속 구름 한 조각

소양강에는 봄 물이 불어나고
화악산에는 저문 구름 깊어간다

그대 떠나면 또 얼마나 걸리나요
푸른 산은 천겹만겹 가리어있다

맑은 바람에 소나무들 물결치고
흰 구름은 그윽한 골짜기에
아득하구나

산에 사는 사람
혼자 밭에 걷노라니
개울물은 구름 구르듯이
소리 내어 흐른다

산에 사는 스님이 달빛을 탐내
병 속에 물과 달을 함께 길었지

절에 돌아와서야 비로서 깨달으니

병 기울면 달 또한 비는 것을

새벽 달님

봄바람 불어오는 강둑길 따라
하염없이 실개천 이르렀네
산내음 풋풋이 물오름 흐르거늘

초목은 눈을 뜨면서
상스러운 빛이 아롱거려 오네

남녘들 불러 찾는 보리향 내음
뻐꾸기 고향가자
시끄리 시끄리 노래하는구나

바시락바시락 갈대숲 사이로
머물 곳 없는 인생사
먼 창공으로 날려 보내리

알 수 없는 미래를 설계하면서
열심히 현실을 살아야 하네

비밀이 있는 곳

바람이 갖다 나른 참나무 씨앗
첩첩산중 나무 사이 가을바람
흔들리는 갈대밭 새들의 고향

한 평의 작은집은 행복의 노래였나
어렵디 어려운 신접살림은
바람이 보내 준 선물인 것을

별 따다 줄을 엮어 호롱불 매달며
온갖 참새 모여든 큰 집이어라
인제 강 푸른 물 위 낙엽이 떠가네

아침 물안개 언제나 피어오르며
긴 강 그곳에 가리라 날마다 날마다
물안개가 그립구나

휘파람

별을 보며 점을 치던 그 옛날
북두칠성 선율 따라
행복을 노래하던 농어촌 사람들

옛 친구 옥선아! 정희야!
잘 지내며 살고 있는지

가을걷이가 끝나면
옆집 옥순이네는
마루며 죽담이며 마당에서도
곡식이 가득가득

농토가 없는 우리집은 마냥 부러워
곁눈질 싸릿문 사이로 엿보곤 했지

돌섬목 해안가 놀던 달님은
야간열차 옆자리에 슬그머니 따라와

도회지 고층빌딩 아스팔트

고압선 줄타기 신이 나나 봅니다

무너지는 모래성

파도에 부서지는 무명
무너지는 모래성

파도가 바위에 깨어지며
무너지는 세상은
인간은 모르는 머나먼 세상

고향 앞바다
호수같이 말 없는 바다는

어느 밤은 깡깡 소리 내고
어느 날은 유난히 쾅쾅
요란한 소리를 낸다

그 앞바다 큰 소나무 섬
하늘에서 내려놓았나

어느날은 흐리게 보였다
어느날은 해무에 잠을 자더라

비오고 갠날 허리안개 먼 산 돌며
알을 품던 까욱새 하늘을 날아오르네

계절의 백로

가을 바람 따라
추녀 끝에 떨어지는
낙숫물 소리

지난날 회상하며 하늘을 보네
세월은 흐르는 강물 같구나

어쩌면 그리운 고향역 같은
청송 아카데미
좋은 원인 같은 원생들을 만난 지
9월이면 1년이 된다네

사람들은 먹이 찾는 '철새'
서로간에 '간'을 보고
때로는 '왕소금'을 뿌린다

세상 본인 마음대로 손 안에 들런지

때가 되면 떠나고 또 만나는 것이
사람의 인연인걸

고향 들녘 벼가 익어 고개 숙이면
가을걷이를 부른다

그리움은 저 하늘로

어릴 적 고달팠던
저 하늘 구만리
잊혀졌던 옛 사람 기억할까나

세월의 행간 속으로
밤이슬만큼 녹아들며

우수수 바람따라
구르는 가을 낙엽은
옛 모습 잊혀진 채
아쉬움이 아려오네

가슴 속 그리운 조각조각
마음 한 구석 한 구석
빈 하늘 남쪽으로
서려있구나

가을 달밤

초록 삼나무 늘어진 시골집
어둠이 삼켜버린 대지는
암흑으로 잠들며

창호지 문살로 휘영청청
젖어드는 상현달
긴긴 그림자 기우는데

그대 집은 어느 곳에 있나요
제 고향은 경상도라오
귀뚜라미 세레나데
귀뚤귀뚤 키르르르

댓돌 위에 검정 고무신 한 켤레
이슬 젖은 지붕 위에 하얀 박꽃

여인의 야윈 얼굴은
동창 넘어 비친 달이나 보세네

고향 봄소식

제일 먼저 찾아오는 봄소식
망운산 정상으로 철쭉꽃 만개하며
봄바람으로 푸른 바다 물결치네요

망운산 봄 뻐꾸기 뻐꾹뻐꾹
금산자락 뻐꾸기 뻐꾹뻐꾹 합창하고

용문산 절도랑 뻐꾸기랑
흐르는 세월을 합창하네요

봄이면 장다리꽃 만개하여
온갖 잡새 벌과 나비 춤을 추고

유명한 바래길 따라
세월의 반딧불 켜면서
해변을 걸어보세요

회상

어릴 적 소꿉장난 흙마당 놀이
개미친구 귀뚤이 미생물 놀이터

코끝 시리도록 갯내음 진동하며
바다에서 밀려오는 물살을 따라
어미고기 애기고기 신나는 어촌

그 시절 가슴 아리도록
힘든 여정 시련도 많아
푸른바다 깊이 깊이 던져버렸나

찾아가도 반겨 줄 벗은 어디로
선창가 쪽배만 외로이 떠가네

밀려오는 파도
무너지는 모래성
옛사람 하나 둘 간 곳 없구나

해안선 굽이굽이
세월을 말해주네

내 고향 남해1

먼 동이 트는 아침
살며시 부서지는 실파도를 밟으면서
지난 날을 회상해 본다
후회없는 삶이 어디 있을는지

명주실타래 참기름 바른 듯
저 바다는 잔잔하다
백사장 팽이갈매기 모이는 곳마다
무엇을 말하는 듯
끼우끼우룩 회의를 한다

아침 일찍 선창 방파제는
고독을 노래하는 청춘남녀
파도는 바위를 치며
처얼썩 처얼썩 얼썩
노래하네

하늘과 땅이 하나 된 남해안은

관광객을 부르네

내 고향 남해2

어느 곳으로 가는 배인가
수평선 항로 조업하는 큰 배 두 척
가도 가도 끝없는 푸른바다 위
하늘을 지붕 삼고 행복을 노래하는
마도로스

바다는 예상치 못하는 일교차가 온다
돌풍 태풍 해일이 지나간 뒷날은
바다 물살을 타고 찬거리가 밀려온다

청각 미역 소라 해삼 군수까지
파도에 못견뎌
바다 해안가로 밀려온다

해안가 사람들은 찬거리 줍기에
마냥 즐겁다
물파레 나풀나풀 물고기 소풍 오는
신나는 어촌

내 고향 남해3

남해 보물섬
금산 보리안 절도랑
아지랑이 감돌며

금산 산줄기 바다를 향해
가쁜 숨을 몰아쉬면

바닷가 정감 있는 섬 집들은
옹기종기 자리잡고 있네

남해사람마다 짭잘한 구리 빛
왕소금이라 만나는 사람마다 변함없네

가을이면 유자향기 콧내음 진동하며
생활의 활력이 넘친다

보물섬 젓줄인 남해대교

특히 유배문학관

하늘같이 높은 남해대교 밑으로
연락선은 오고 가며 대한의 자랑일세
국토의 기상일세 남해 보물섬

철탑1

빗방울 하나 둘
차창을 스며칠 때
서둘러 달려간 가을 나들이
언제나 만나면 집안 문중회

물결치듯 이어지는
만고의 푸른 자락
평화가 가득한 정선

박종렬 동장님 긴 여정 정선아리랑
동장님 귀농 일 해보셨나요
이제 시간이 없네요

세월로 이어진 사랑탑인가
자락마다 철탑보소
길손을 말하건만
철탑으로 이어질 강 건너 북녘

철탑2

달이 뜨는 비무장지대
푸른 강물 흐르는 강둑길

하얀 찔레꽃 하얗게 피어
가는 임 오는 임
길손을 하네

눈부신 철탑의 선율 따라
이 산새 뻐꾹뻐꾹
저 산새 종달종달

멀리멀리 날아간 뻐꾹새
아쉬워 눈물 흘리나요

인생의 긴 여정
팔도 아리랑 아리랑
고개를 넘어가네

철탑3

저녁 노을 황홀한 강둑길
가을 빛 저무니
계절 따라 바람 따라
주륵주륵 소낙비 내리네

금강으로 이어지는 철탑의 선율은
만고의 바람 따라 휘파람 노래 부르니
청춘은 꿈처럼 흘러갔네

백발은 때없이 찾아오더냐
두만강 푸른 물 위 속살 같은
강물 따라 사공아 노래하며
홍에야 홍에야 노를 저어라

굽이굽이 대열한 철탑은
굳게굳게 다져진
사상 이념을 말하노라

외로운 등대

갈매기 울어대는 적막한 바닷가
외로운 등대 하나 별을 안고 떨고 있네

마지막 저 멀리 누구를 기다리느라
홀로 긴밤 반짝거리느냐

바다가 울어댄다
쿵쿵 하늘에서 무슨일 있나 봐
그리움 물결 속에 묻어둔 지
오래 오래전

한밤중 외바람 소리
방황하는 영혼이여
서산에 해 기울 때쯤
스스로 주저앉아
헛기침 하네

땀 방울 잊어질 때

해마다 감꽃이 필 무렵
눈길 한번 주지않건만
주렁주렁 매달리는 감을 보면서

세상 풍요롭다 말하지만
나는 가난이라 말하고 싶다
두레밥상 둘러앉은 옛 생각에 젖고

가지가 휘어지게 매달린 식구가
휘청거리며 품앗이 나온 아낙네 같고

떠난 어미 소 찾는 송아지마냥
야밤 중 망개떡 장사
외치는 소리인 듯하다

콧물 시린 겨울날
월동 준비 걱정 많은 노부부 한숨인 듯

꽁보리밥 김치 한 사발

돌아오는 봄 하이얀 감꽃을 그리면

그 식구들은 어디로 갔을까

파초의 푸른 밤

일류의 봉사자
흔들리는 문화 지식을 찾아
일사불란하게 찾아드는
송파여성문화회관

일류의 여성 송파의 1급 여성 출동
앞날의 푸른 꿈을 품고 속내를 하네

커피향으로 끈끈한 김성훈 선생님
인생 요리도 잘하네
현대적 지식이 투철한
바리스타 교육현장

커피향으로 맺은 인연들
반짝이는 보석으로
잘 이어져 갑시다

산울림

어디선가 귀에 익은 소리
툭툭 떨어지는 가을 도토리
세월무상을 실감케 하는고

자연조율 활활 불타
명산대천 산울림 소리에
외로운 구름만 흩어져가네

산제비 목욕재계 흐르는 계곡
물 위에 오색단풍 동동 떠가네

마음 수행

미혹의 구름이 덮여올 때는
대자연도 늙어가는구나

솔바람 갯내음으로 힘을 키워
백사장 은모래 성을 쌓아 올려
지난 세월 깊이깊이 묻어 버렸나

풋보리 개떡 하나 만족한 시절
언제나 언제나 차디찬 갯바람은
파도소리 처ー얼썩 처ー얼썩
쏴-쏴- 채-얼썩

파도가 부서지는 미혹한 세상은
인간은 알 수가 있을런가

팔월 한가위

달이 떴다
팔월 십오일 한가위 달이 떴다

고향 저 달은
산속의 강물 위에 놀던 달

농촌의 고향 달은
황금들녘 물결치며 조각나네

팔월이면 유자향기 그윽하며
한가위 때면 온갖 곡식 가득가득

방마다 풍성풍성
도회지 나간 보름달 같은 자식
대문 열고 기다리네

감꽃이 피어날 때

사월의 문턱에서
감나무 잎이 피어나면
눈길 한번 주지 않건만

오월의 중턱에서
감꽃이 방긋방긋 웃으며
칠월이 깊어가고

감이 커갈 때는
가을을 벗삼아
익어가는 구나

그 시절 감나무 집
친구가 부러워
붉어지는 감을
바라보곤 했지

2부
산문

제갈량과 사마중달

제갈량은 태어난 지 6개월 만에 어머니를 여의고 14세 때에는 아버지가 별세한다.

제갈량의 스승이 중요했다.

제갈량은 적벽대전에서 붙어야 유리한 조건이 있다는 것을 알고 이를 도모하였다.

조조를 적벽까지 끌고 들어올 줄 아는 것이 병법이다.

재주는 조조가 뛰어났으나 전략은 제갈량이 한수 위였다.

사마중달은 제갈량을 피하면서 약을 올리는 병법을 쓰나 사마중달이 마숙을 깼다.

사마중달은 작전 개념으로 수송로를 제일 먼저 차단했다.

감정 전투를 전개했다.

마숙은 수송로를 잘 지켜야 했다.

물과 식량이 공급되지 않으면 죽는다.

사마중달은 적진의 병력의 움직임을 모두 파악할 만큼 안테나가 좋았다.

인생은 항구라더냐

해는 서산으로 지며 황하는 바다로 흘러간다.
더 멀리 바라보고자 다시 한 층 오른다.

온갖 새들이 같은 자리에서 같이 잠을 자고 날이 밝자
각자 날아가네.
어찌 눈물로 옷소매를 적시나.
구름은 길상을 나타내고 고별은 수복을 밝혀준다.
꽃은 부귀를 열어주고 대나무는 평화를 알려준다.

오래전 이야기
친구 오성애는 오래전 친한 친구였다.
마천동 공수부대 군인가족이었다.
공수부대 군인아파트 앞에서 반달 미용실을 경영했다.
그 당시 박준구라는 아들을 출산하면서 연락이 왔다.
나는 그 당시 부산에서 미용일을 하고 있었다.
친구의 부탁을 받고 서울로 올라왔다.
참 캄캄한 곳 변두리 거, 마천동은 마누라 없이 살아도

장화 없이 못사는 곳이었다. 하루에도 수도교통 몇 대…

이곳 저곳이 논밭이었다.

언젠가 이곳을 떠나야지 하는 생각이었다.

지금도 못 가고 있네. 전기가 들어온다네. 시장 아닌 마트가 들어온다네. 수도가 들어온다네.

안전공원 가로막은 나라 전셋집은 하늘을 찔러대며 아파트 칸칸이 번지수가 늘어나며 동네 사람들은 안절부절 오래된 원주민들 입속으로 달콤한 껌이 되어 맴돌다 원주민들은 멀리멀리 훨훨 날아가버렸다.

세상은 지성과 합리적으로 되는 것은 아니다.

자식들은 자라있고 사람은 역할이 있어야 한다.

미스 때부터 미용실 시다로 시작해 어깨 너머로 열심히 배워 미용실을 고향에서도 했고 서울에서는 여러 곳에서 경영해왔다.

미용에 대해서 별 흥미가 없구나 생각이 들었다.

현장체험

일류의 봉사자 시대의 바람따라 동부요양 30기에 등록
해 열심히 배웠다.

젊음은 거듭오지 아니하며
하루는 다시 새벽이 되기 어렵다.
세월은 사람을 기다리지 아니하며…

봄이 되니 배꽃이 희고
여름이니 나뭇잎이 푸르네
가을은 시원하니 국화가 누렇게 피고
겨울은 추우니 흰 눈이 오네요

꽃은 거듭 피는 날이 있어도
사람은 다시 소년이 될 수 없다.
세월은 헛되이 보내지 마라
청춘은 다시 오지 않는다.

바람도 쉬어가는 도봉산 자락에는 거대한 실버센터 요양원이 자리잡고 있다.

요양사 자격증은 생활의 무기요 가족 간에 요양시에는 시간 수당이 나라에서 나온다.

도봉산 자락마다 나무들도 밤이 되니 외로워 울고 있나보다.

준비된 사람 없고 인생은 사건의 연속이라

살아가는 인생살이 결코 쉬운 일은 없다.

모든 꽃 가을이면 메마르지만 내 향기 서리내려 새롭다.

가을 낙엽 땅위 스르르 구르는 그 곳에 한번 가보고 싶어라.

내 몸이 하늘인 것을 잊지말자

요양사 교육 8주 실습은 도봉산 자락으로 다녔다.

세상은 거칠어도 네 감수성은 다치지 않기를 마음으로 다짐하면서 세상을 살아간다.

할미 꽃 산장

깊은 산 도봉산 자락 밤이 되니 풀벌레 부엉새 노래를 부른다. 요양원으로 실습을 다니면서 몰랐던 세상일을 많이 배우면서 확실한 현장 실습에 열중하였습니다.

세상 불안정한 폭풍우 속에 있는 당신들을

우리는 누구나 늙고 병들며 스스로 자신을 추스르지 못하며 "요양원이나 가야지"라고 쉽게 생각한다.

복잡한 도시를 떠나 한적하고 공기 좋은 요양원에서 뜨락에 나가 해바라기도 보고 시골 논둑을 산책도 하면서 지낼 생각에 젖기도 한다.

"집에서 홀로 지내느니 요양원에 가면 같이 대화도 나누고 함께 시간을 보낼 친구도 있으니 얼마나 좋을까?"라며 꿈같은 환상에 빠져들기도 한다.

세상 살아가면서 누구나 무서운 화살을 맞고 살아간다

인생 굽이굽이 넘어도 넘어도 가로 막힌 인생길

풀지 못한 숙제를 참고 견디면서 풀어간다.

할미꽃 산장 가지 말자, 보내지 말자, 찾아갈 곳 못되더라.

누가 저들에게 돌을 던졌나요
요양원의 눈물

준비된 사람없고 인생은 사건에 연속이라

순서없이 떠나는 회색 빛 북망산천

계층별로 색다른 요양원

사람은 누구나 무슨 기다림에 살아간다

누가 저들에게 총을 쏘았나요

초겨울 말라가는 풀잎처럼

전쟁터 패배한 병사들처럼

침침한 방에 홀로 숨을 고르시는 부모형제

왜 한번 안아주지 못했던가

뒤늦은 생각, 후회도 해보았네

정든 고향산천 보고 싶은 친척도

지금은 강 건너 바라보는 나룻배인 것을…

꼬부라진 할배꽃, 자주쪽빛 할미꽃

팔도에서 찾아온

할미꽃 산장

나는 교장으로 지냈다. 나는 사장으로 지냈다.

하루종일 아줌마, 아줌마 부르시며 다니는 할배꽃

각자 방 침대 하나, 의자 하나 그것이 전부였다.

식사 시간 때만 한자리에 모인다.

때로는 밥그릇이 휙휙 날아갈 때도 있다.

아직 힘이 남아있는 할배꽃님

어느 할미꽃님은 봉쇄된 창문을 잡고

오늘은 아들 며느리와 손주들이 온다면서

하루종일 그 자리를 떠나지 못하며 손주들 이름을 부르기도 했다.

창밖 창문을 바라보며서 두고온 고향 일가친척 안부도 물어보시는 할미꽃님

평상시에 살아오신대로 "영감 다녀왔소"하시며 인사도 하시는 할미꽃님.

어느 병동실은 기 싸움을 일삼는 곳이 있다.

내가 너보다 잘났다. 미국 딸집에서 살다왔다.

남해 보리안도 다녀왔다.

그야말로 번지 없는 주막집 나그네들이다.

어느 할미꽃님은 나에게 하소연을 하신다.

많은 농사지어 아들 대학공부 시켰노라고 울먹이신다.

이 설움을 우리 아들 오면 다 이야기 하겠노라고…

아침에 우는새는 배가 고파 울고요, 저녁에 우는 새는 님이 그리워 운다.

세상 살아가면서 누구나 절벽 끝자락에서 무서운 화살을 맞고 살아간다.

인생 가는 길이 꿈길이냐 뱃길이냐

굽이굽이 몇 굽이를 넘어 알 수 없는 고갯길도 넘어간

다.

할미꽃 산장 일기장

도봉산 실버센터에 즐거운 오락시간이 돌아왔네요.

각처에서 여러봉사 단체들이 온갖 악기를 가지고 오셨습니다.

산장 할미꽃님들은 모두 모여 풍악으로 춤과 노래도 부르십니다.

무정한 세월아 오고 가지 말아다오.

우리도 한때 님바람 꽃바람 좋은 시절 보냈단다.

풍악에 맞추어 줄줄이 흘러간 노래가 나오네요.

지나간 모든 일은 다 잊으시고 즐겁게 즙겁게 산장 할미꽃님 오락시간은 즐겁게 끝났습니다.

하늘이시여 할미꽃 산장 계시는 부모형제 아름다운 모습으로 저 강을 건너게 해 주옵소서.

언제나 찬송가 노랫소리가 들리며 병동실마다 교인들이 찬송가를 부르시네요.

도봉산 실버센터는 공익요원들이 한 소대가 준비 되어 있다.

할미꽃 산장 그 많은 인원들의 목욕을 감당할 수 없다.

긴병에는 효자가 없다.

시간 철저히 엄수하여 호흡 맞추어 봉사하는 공익요원 1소대였다.

또한 의사, 간호사, 영양사, 간병인, 요리사.

어려움 없이 따뜻하게 잘 준비된 도봉산 실버센터 요양원입니다.

요양실습 일기장 전지현

狗 개와 인연설

신은 말이 없다.

세월은 하늘에 묻고 세상은 종말이 와도 뻐꾹새 울며 웃으며 노래하겠지.

세상 인간과 가장 가까운 동물은 狗, 개라고 말하고 싶다.

잡종이면 어떻고 똥개면 어떠하랴.

세상 앞일을 다 알고 있는 말 못하는 견생들…

주면 먹고 안 주면 못 먹는 녀석들, 인연 따라 狗가 되고 가족이 된다.

'너희들 목에다 누가 사슬을 매어두었나.'

초롱초롱 반짝이는 하늘의 별들은 너희들 눈으로 은하수 별이 되어 서방정토로 흐르고 있구나.

어느 가을날 살랑거리는 바람에 포플러 나뭇잎 한잎 두잎 아스팔트 길 위에 구르는 계절.

가로수 나무 아래서 외치는 소리, 강아지 떨이~

8,000원~ 소리가 들린다. 가보았다.

처음보는 강아지는 꼬리를 흔들고, 많은 정이 있는 사람처럼 당신을 사랑한다고 반가워한다. 이름은 며느리가 '복순이'라고 지었다.

새주인을 만난 강아지는 온갖 재롱을 떨며 예쁜짓을 한다.

주인과 狗사이에도 보이지 않는 깊은 인연이 있어야 한지붕 아래에서 살아간다.

이상한 일이다. 우리집 대주님을 경계하고, 놀다가도 대주님 소리만 나면 틈 사이로 숨는다.

침대 밑으로 머리를 박고는 한다. 몇 개월이 지난 때였나…

자연이 갖다 준 狗 견생에게도 막을 수 없는 생리발동이 봄바람처럼 불어온다.

사랑을 기다리는 복순이는 밖으로 나가려고 한다.

대문 밖에서는 동네 수캐들이 모여오고 생전에 못 본 개도 찾아와 기우뚱 기우뚱거린다.

길을 가도 따라오고 약수터로 물 길러 가도 줄줄이 따라온다. 쫓아도 안 가고 돌맹이를 던져도 안 가고 통사정한다. '복순이 한번 만나게 해달라고.' 동물들의 세계도 멋있고 힘쎈 놈이 결국엔 사랑의 신방을 차렸다.

우리집 대주님, 복순이가 새끼를 가진 것을 알면 용서하지 않는다.

새끼를 가진 몇 주 만에 아들이 비워둔 방에서 새끼 세 마리를 대주님 몰래 낳았다.

그럭저럭 3주가 되니 낑낑 소리를 내며 실눈을 뜨고 방에서 자꾸만 기어나온다.

이 사실을 아버지께 알리자고, 더 이상 숨길 수가 없다고, 하루는 마루에 대주님 앉히고 어미개 새끼 세 마리 줄줄히 앉히고 복순이가 이렇게 새끼를 낳았노라고 말했다.

'나는 생전에 狗가 눈에서 눈물을 흘리는 것을 보았다.'

구슬같은 눈물이 방울방울 흐르고 무서워한다.

어떻게 인간과 다를 바 있을까, 말만 못할 뿐이라는 것을…

호랑이 같은 대주님 무서워 자기 새끼 어떻게 할까봐… 말 못하는 짐승 함부로 버리고 구박하면 안 됩니다.

2005년 뉴타운 재개발 자리에 조그마한 빌라를 사서 이사를 했다.

어미개, 새끼 세 마리와 이사왔다. 이사 온 동민들은 그

중에서도 별나게 텃세를 하고 모함을 일삼는 사람도 있었다. 털 날리고 냄새난다고 수군덕거린다.

녀석들은 집도 낯설고 항상 전투 비상 상태다.

한 녀석이 짖으면 덩달아 합동으로 짖어대고, 나도 할 짓이 아니다.

집안의 불화는 녀석들 때문이었다.

하루는 가족과 의논을 했다.

건너편 농장에다 땅값을 주고, 개집을 예쁘게 지어 좋은 날 이사를 했다.

사람 속에서 사랑받고 살아야 하는데 비오는 날이면 나가보고 추운날에도 나가보고, 항상 한쪽에 살게 한 녀석들이 불쌍했다.

나를 두고 질투도 하고 싸움도 하고, 때로는 녀석들과 말도 해본다. '빛과 냄새로 소통이 되는 녀석들…' 너희들을 버리지 못하는 마음을 알아 몰라. 이러쿵 저러쿵 녀석들과 이야기도 많이했지. 알아 듣는 듯 눈빛으로 말하고 많은 대화를 나누었던 금비 은비야.

'영물이다.'

가끔씩 보았지만 밖에 나와 놀던 녀석들은 농장집 영

감이 보이면 앞발로 눈을 가리곤 납작 앞에 엎드려 절을 한다.

'사실이다.' 영감의 나쁜 원결의 마음을 영물들은 다 알고 있었다.

인간의 배신이 많았던 탓인지 참으로 못난 인간보다 그 녀석들을 사랑하고 살았다.

착한 금비는 목욕이 끝나면 젖은 몸을 닦아달라고 내 앞에 넙죽 엎드리곤 했다.

심통쟁이 은비는 내가 하모니카를 불면 목을 길게 빼고 '끙끙 엉엉' 하며 음악에 맞추어 노래도 불렀지…

사건의 문제는 나였는지.

땅 한 평 없는 나는 개집 한쪽에 호박을 심어 잎도 무성하게 자라고, 금비 은비도 좁은 빌라보다 공기 좋은 데서 잘 지내고 있었다.

2007년 7월 27일 금요일.

아침 일찍 운동을 마치고 금비와 은비 있는 곳으로 달려가 집 밖에서 불러내어 놀고 있는데 농장 영감께서 나에게 하는 말이 '저 호박 넝쿨이 올라가서 자기네 호박 넝쿨과 싸우지 않겠느냐'고 했다.

어느해는 누구인가 농장집에 불을 질러 집을 다 태워

버렸다. 우리는 그때만 해도 불지른 사람만 나쁘다고 했는데 옆에 다가가 지내고 보니 영감이 비겁하고 아주 심술궂은 농장 영감이었다.

27일 금요일 금비와 은비를 데리고 놀고, 28일 토요일 그곳에 갔더니 올라가던 호박넝은 발로 재껴져 있고 금비가 보이지 않는다.

말 못하는 불쌍한 금비. 영감이 없앤 것이 틀림 없지만 눈으로 못 본 우리는 화산처럼 차오르는 분노를 참을 길 없어 호박, 옥수수를 마구 베어버렸다.

하천부지 나라땅을 돈까지 받아먹고, 차라리 농장물 피해가 있으니 어떻게 하자고 의논을 해야 마땅한 일이 아니겠는가.

남은 은비는 8년을 같이 있었던 금비가 없어져 버리니 정신이 나간 것처럼 미친 듯 울고 뛰고 하다가 죽을 자리도 아닌데서, 금비 죽은 3일 만에 은비도 죽고 말았다.

세상에 너희들 있을 자리가 그렇게 없더냐…

내 앞에서 죽은 은비는 큰 자두나무 밑에 수목장 해주고 향도 피우고 술도 따르고 이 녀석들과 안타까운 인연도 이것으로 다했구나…

금비, 은비 축생 몸 벗고 극락왕생하여 이 세상 사람 몸 받아 좋은 곳으로 태어나라 빌었다.

너희들과 인연이 되어 나도 이렇게 슬프단다.

참으로 참혹했다. 한번에 개 두 마리를 잃고… 개를 기르고 사랑한 사람은 이 마음 알리라.

이리저리 굴리고 잘해주지 못한 것이 마음 아프다.

어느날 밤 금비와 은비가 살았던 농장집 창문 앞을 지나는데 영감 할머니 둘이 크게 다투는 소리가 들렸다. 개 문제를 서로 탓하고 왜 개 이름을 가르쳐 주었냐고 영감이 말했다.

나는 다 알고 있노라는 분통한 뜻으로 싸움이 끝난 순간 발길로 창문을 내려찼다.

참 불쌍한 녀석들… 눈물이 쏟아져 내리고 너무나 괘씸한 마음 참을 길 없어 마천동 천마산 충효사를 찾아가 (480-8585) 개들의 죽음을 푸념하고 불쌍한 금비, 은비 인간세상 태어나 좋은 인연 만나 사람으로 잘 살라고 스님께 축원 기도발언을 부탁드렸다.

스님이 하시는 말씀이 개 좋은 곳 가라고 기도축원하는 사람은 중 생전에 처음이라고 했다. 이 마음이 지옥같이 녀석들 안타까움을 잠재우는 스님의 축원 발언기도가 있었다.

몇 개월 지난 어느날 천마산 중턱을 오르는데 송학꽃 울긋불긋 짙푸른 소나무 가지마다 까치떼가 모여서 나를 향해 조잘조잘 부르는 노랫소리에 금비와 은비가 하늘을 나는 까치새가 되었다고 불어오는 바람으로 나는 전해 들었다.

개고기를 먹지 말자
1. 개는 영물인연법으로 견공이라 한다.
2. 개는 인간과 밀접한 관계를 갖고 있다.
3. 개는 윤회의 주체일 수도 있고 공생관계이다.
4. 개는 도리천 하늘나라에서 태어났다.
5. 개는 가축에 넣지 않는다.

지금은 어미개 복순이만 우리와 같이 살고 있다.
나도 늙고 너도 늙어가는구나, 12년 동안 병원에 한번 안 간 착한 복순이 또한 고마운 일이다. 간간히 생각나는 녀석들… 어느 곳으로 갔을까….

불교는 마음의 고향

별과 나 그리고 부처님

모든생명 하나로 연결되어 있다는 것을 알게 되어 감
사한 마음으로 절합니다.

새벽 범종소리 명운을 잇는 목탁소리에 산사의 새벽은
삼매경에 눈을 뜬다

4대 관음성지

1.남해보리암 2.강화보문사 3.강원홍련암 4.여수향일
암

불교는 이 땅의 지신을 지키며 받든다.

조상을 받들며 거대한 철학을 논하는 종교이다.

카밀라국 나라왕

석가모니 부처님 옛길을 찾아 떠나본다.

29세 출가 보리수 나무 아래서 6년을 고행

마침내 39세 나이에 깨달음으로 득도하셨다.

조상님의 은혜를 잊고 살아온 죄를 참회하며 절합니다!

옛 시절 힘없는 사람들은 종교에 매달리며 소원성취를
빌고 한 곳이 대체적으로 절이었다.

남해도는 사방천지가 바다면서 모든 풍경이 아름답고
활력이 넘치는 곳이다.

내가 어린시절은 몽창시리 못살았다.

갯풍 맞은 다랭이 논은 볍씨나락 찾기 힘들었다.

한려수도 남해 자랑인〈유배문학관〉

이름높은 고찰은 몇 군데가 있다.

모든 풍광이 아름다운 남해 둘레길 산책로는 사람들의
꿈과 희망을 노래한다.

**참 나는 누구인가 어디에서 있는가를 망각 한채 살아온
죄를 참회하며 절합니다!**

뜬세상 구름 같고 백년도 꿈이러니

이 가운데 사는 우리는 풀 끝의 이슬일세

옛사람 한밤중에 칼집 치며 노래하니

부귀영화 누리기도 허수한 장난일세

우수수 떨어지는 나뭇잎 소리를

스님 불러 문밖에 나가 보냈더니

달이 산내 남쪽 나무에 걸려있다 하네

종교는 나약한 인간들의 큰 힘이며 경영이다

자식들은 알까 자식 걱정 염주를 돌리면서

기도를 했건만 그 마음 알 리가 없더라.

인간은 혼자 사는 거야 자신을 위로하면서

혼자 이야기하면서 그렇게 살아가는 거야

지난 옛날은 상주편에서 금산 보리암을 올라가야 했다.

냇가도 건너며 오르다 보면 깔딱고개도 숨이 깔딱깔딱하면서 올라야 한다. 현재 뒷길이 나기 전 이야기이다.

금산의 일주문은 혼자는 갈 수 없는 길, 혼자는 금산 쌍홍문을 통과할 수가 없다.

1. 몇 사람이 한 사람을 밀어 올라야 쌍홍문을 올라간다.

2. 올라간 사람이 밑에 있는 사람을 잡아 올린다.

그렇게 쌍홍문을 넘어야 보리암 기도를 시작한다.

나 역시 어렴풋이 생각이 남아있다.

쌍홍문 천장에는 사철 깨끗한 옥수가 머리 위로 뚝뚝

떨어진다.

아래로 보면 푸른 남해 앞바다요, 위로 보면 웅장하며 장엄한 이름있는 천년바위들이다.

어릴적 남해 보리암에 가면 부처님 보고 또 보고, 쳐다보고 바라보고 부처님을 많이 봐야 명도 복도 많이 받는 줄 알았던 참 곱고 고운 비단 같은 마음이었네.

해발 701m 금산은 천연 동굴이 많고 온통 바위로 이루어져 마치 금강산과 같은 아름다운 산이다. 바위가 많으며 산의 기운이 쩔쩔 끓으면 기도발이 잘 받는다.

더군다나 섬이어서 외부의 접근이 쉽지 않았다.

남해 금산 돌계단이 이루어진 발자취.

남해안에 4명의 해상 신선이 살았다는 말이 있었다.

이 신선들이 임진왜란 무렵에 여자 비구니 스님 4명에게 천문자리 병법을 가르쳐서 이순신 장군을 돕도록 했다는 것이 그 핵심이다.

그러니까 이순신이 남해 일대에서 외적에게 연전연승 할 수 있었던 배경에는 해상사호의 음조가 작용했다는 설화가 있다.

그런데 이번에 남해 금산 보리암을 살펴보니 그 일대가 유적지라 봐야 한다. 그 당시는 남해로 유배자들도 많이 몰려왔다는 설이 있다.

　구전에 의하면 이백명의 굴에서 임진왜란 직전에 해상 사호가 4명의 비구니를 공부시켰다고 한다.

　바다에서 불어오는 바다 안개 해무가 수시로 금산을 뒤덮고 있어 자신의 진면목을 보여주는 신비한 산이 남해 금산이었다.

　신선들은 이러한 조건을 갖춘 산을 좋아하였다.

일가 친척들의 공덕을 잊고 살아 온죄를 참회하며절합 니다!

　금강산 근처의 삼일도도 그렇고 영랑호도 그렇다.

　뿌연 해무로 뒤덮인 보리암에서 하룻밤을 자다 보니 그곳이 바로 선경이다.

　남해의 푸른 바다에서 올라오는 수기를 먹고산다고 애 쓰는 법부의 머리를 식혀준 것이다.

　오래전 이야기, 금산 보리암 올라가는 산길은 남해 상 주편이었다.

　산을 다 오르면 웅장한 쌍홍문이 있다.

　그곳이 남해 금산의 보리암 일주문이다.

　지금은 신전 앵간만에서 보리암까지 출발하는 통근차

가 있다.

이 사실은 오래전 전해진 이야기이다.

사람은 앞일을 아무도 모르기 때문에 살아간다.

지나온 세월 뒤돌아보면 힘든 가시밭길이었다.

2000년 그 당시 서울살이 낯설며 마음 붙일 곳 없어 개
포동 능인선원 불교대학을 찾아갔다.

그때는 지하철도 없어서 하루에 버스를 왕복 6회이상
이용했다.

산들거리는 봄바람을 헤치면서 야산 밑으로 버스는 달
린다.

마천동에서 개포동까지 다니며 못생긴 내 운명을 바꾸
는 불교학 공부를 시작했다.

능인선원 지장제일날은 보살님들 밥상으로 손바닥만
한 조기 한 마리씩 올라온다. 절간에서 생선반찬은 아무
절에서나 만날 수 없다.

사방각처에서 신도들은 구름같이 날아들며 언제나 신
도들을 대환영으로 받아주는 능인선원.

강의시간 조 교수님은 강의 중 가끔씩 시를 읽어주신
다.

가을하늘에만 볼 수 있는 새털구름 뭉개구름 바람으로

두둥실 떠가네

내 마음 사로잡은 조 교수님

나는 능인선원 경전이 좋아서 불교대학 공부를 3회에 마쳤다.

1회 졸업 공덕원 2회 졸업 보혜주 3회 법사반으로 마쳤다.

불교학 공부를 시작하면서 새벽 일찍 일어나 우리 가정 네 식구들의 100일기도를 안방, 아들방, 딸방으로 큰절 3 배씩을 하며 마음속으로 기원했다. 아무도 본 사람은 없다.

세상과 사람은 변하는 거라고 누가 말했던가.

살아도 백년을 못다 살면서
어찌 늘 천년을 살 근심을 품고 사는고
무상하기 마치 바람 속 티끌 같네
우리나라 남해, 자랑스런 고향
그 시절 그곳 사람들은 일을 해야 먹고 살았다.
풋보리 개떡 하나면 만족한 시절
나의 남편은 높은 학벌을 간직한 분이었다.
아무것도 모르는 나에게 매일매일
책가방을 메어 공부를 시켰다.
하모니카 공연을 다니는 중에 아코디언까지 사주었다.

그 사람 나에게 이렇게 소중한 사람인 줄
지금와 느끼면서 반성하며 살아간다.
아… 이제 노년일세

혜당 전희애

3부
시인이 걸어 온 길

지리산 등산

야외촬영

소백산 등산

미용실 옛 추억

가족 사진

어느 여름날

시낭송

상 장

제18 - 50 호

벚꽃축제상

전 희 애

위 사람은 석촌호수 벚꽃축제와
함께하는 제24회 송파서화공모대전에서
위와같은 성적으로 입상하였기에
이에 상장을 드립니다.

2018년 4월 7일

송파서화협회장 소석 조 평 악

벚꽃 축제상 상장

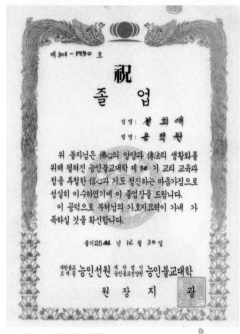

제301-1990호

祝
졸업

성명: 전희대
법명: 공덕원

위 불자님은 佛心의 앙양과 傳法의 생활화를
위해 펼쳐진 능인불교대학 제30기 교리 교육과
정을 투철한 信心과 기도 정진하는 마음가짐으로
성실히 이수하였기에 이 졸업장을 드립니다.
이 공덕으로 부처님의 가호지묘력이 가내 가
득하실 것을 확신합니다.

불기2544년 12월 30일

대한불교 능인선원 능인불교선양원 능인불교대학
도제자 원 장 지 광

능인불교대학 졸업증

청아 제1403호

수 료 증

성명 전희대

위의 분은 청송시창작아카데미 제14기
시창작 전 과정을 이수하였기에 이 수료증
을 드림.

2011년 11월 28일

청송시창작아카데미 회장 김 송

한국예술문화단체총연합회 이사·한국문인협회 부이사장·한국시인협회 심의위원·
국제 PEN 클럽한국본부 이사·목월문학포럼 중앙위원

청송시창작 수료증

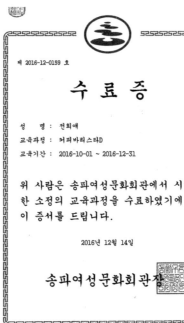

제 2016-12-0159 호

수 료 증

성   명 : 전회애
교육과정 : 커피바리스타D
교육기간 : 2016-10-01 ~ 2016-12-31

위 사람은 송파여성문화회관에서 시행
한 소정의 교육과정을 수료하였기에
이 증서를 드립니다.

2016년 12월 14일

송파여성문화회관장

커피바리스타 수료증

제 279 호

표 창 장

송파구 마천동 광성빌라 다동 402호

전 회 애

귀하께서는 평소 지역사회발전을
위하여 헌신 봉사하여 오셨으며 특히
밝고 건강한 사회를 조성하기 위한
이웃사랑 실천과 구정발전에 기여
하신 공이 크므로 이에 표창합니다

2006년 7월 27일

송파구청장 김 영

표창장

枯林風過落黃葉寒

菊雨餘開白花 金喜愛

南無大悲觀世音顏

我早得智慧眼

惠堂 全喜愛

일본 한국 서예대전

사업자등록증

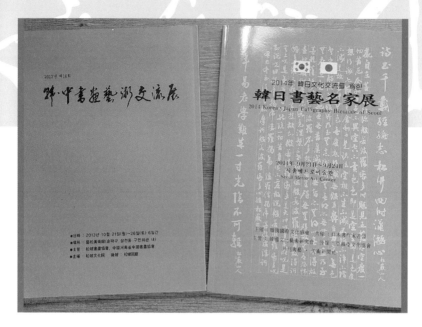

일본한국 서예대전책

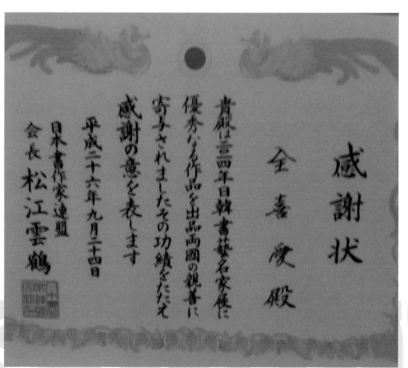

감사패 일본

파도치듯 흔들리는 인생길

초판 1쇄인쇄 2024년 4월 9일
초판 1쇄발행 2024년 4월 12일

저　　자 전희애
발행인 박지연
발행처 도서출판 도화
등　록 2013년 11월 19일 제2013 - 000124호
주　소 서울시 송파구 중대로34길 9-3
전　화 02) 3012 - 1030
팩　스 02) 3012 - 1031
전자우편 dohwa1030@daum.net
인　쇄 유진보라

ISBN ｜ 979-11-92828-50-3 *03810
정가 10,000원

도화道化, fool는
고정적인 질서에 대한 익살맞은 비판자,
고정화된 사고의 틀을 해체한다는 뜻입니다.